# すべての愛しきLifeへ

くすのき しげのり

表紙画・表紙デザイン　Asuka Kusunoki

〜たがいに生かされながら生きている
すべての愛しき Life(ライフ)へ〜

# はじめに

小さな町の外れに、「Life」という店があります。

店といっても、誰かが働いているわけでも、何かを売っているわけでもありません。

お客は、「Life」をのぞいて、必要なものや気にいったものがあれば持って帰ります。

そのかわり、自分が使わなくなったものや、誰かに使ってもらいたいものを置いていくのです。

この「Life」を舞台に、訪れる人それぞれの人生の一コマを描くことにより、人と人とのつながりの物語を紡ぎ出した絵本『Life ライフ』は、二〇一五年に出版されました。

以来、版を重ね、『Life ライフ』は多くの方に読まれてきました。

人は皆、それぞれの愛しき人生の主人公です。

そして、たがいに生かされながら生きているのだと思います。

このたび機会を得て、ずっと温めていた「Life」にまつわる五つの物語をお届けいたします。

お楽しみいただければ幸いです。

# すべての愛しき *Life* へ

Life・Episode 0

# *Open*

〜 店の名前は「Life」〜

分厚い掌《てのひら》に節くれだった指。

それでいて木の肌をとらえる確かな指先の感覚。

使い込んだ道具箱の中に並んだ一つ一つの道具は、手入れが行き届いています。

彼は腕のいい大工でした。

そんな彼が最後に建てたのが、町の外れにあるこの店でした。

この店を建てるにあたって、彼は、基礎の石、柱や梁となる木材、床や建具、レンガや瓦と、すべて、解体された数々の古い建物から引き取ってきては、たいせつに保管してあった材料を使いました。

彼はよく知っていました。

石工の細かな鑿《のみ》の跡が残る石は、使う場所を考えながら元のように組み合わせれば、いつまでも変わらずしっかりと使えることを。

ゆうに百年はたち、もう狂いが生じることもない古材は、そのままでも表面を削っても、味わい深い表情を見せることを。

年月を経たレンガや瓦の寂びた古色は、にわかに再現できないことを。

こうした材料一つ一つに手間をかけながら、基礎を築くのも店を建てるのも、彼はすべて一人でやりました。

それはもう、はりきって。

それもそのはず。

大きな街のパン屋で働いている彼の一人息子が帰ってくるのです。

そして、同じ店で働いている女性と二人で、この町でパン屋を開くのですから。


「こんな町外れで、だいじょうぶなのか？」

ちょうど一年前のことです。

売りに出ていた土地を一緒に見に来た彼は、息子に言いました。

心配をする彼に、休みをもらって帰ってきていた息子は、提げてきた籐のバスケットから紙袋を取り出しました。

父のためにと焼いてきたパンです。

木陰の古い切株に腰を下ろした彼は、紙袋の中から、食べやすいように切り分けられたバタールをつまみました。

小麦粉、イースト、塩、水といったシンプルな材料で作るバタールは、素材のよさはもちろんのこと、それを作る腕前が如実に表れます。

彼は、何も言わずにひとくち食べてみました。

「……！」

バゲットに比べて太さのあるバタール。

その表面のパリッとしたクラストからは香ばしい香りが立ち上がり、中の柔らかいクラムからは豊かな小麦の風味がふわりと広がりました。

目をとじてゆっくりとかみしめていると、まるで晴れた青空の下、一面に実った黄金色の小麦畑に立ったかのようです。

彼は、ほかのパンも食べてみました。

滋味豊かなレーズンを練り込んだブリオッシュ、芳醇なバターが香るクロワッサン、手作りのストロベリージャムが絶妙に合うスコーン……。

それらは、息子と息子のたいせつな人が納得できるまで何度も作り直し焼き直しながら、自分たちのパンとして、やっとレシピを完成させたものばかりです。

パンを食べながら、彼は幾度も驚き、そのたびに大きくうなずきました。

これなら、隣町からでも買いに来てくれるに違いありません。

「『自分の未来は、自分にしか作ることはできない』この町を出るときに、父さんが教えてくれたことじゃないか。父さん、ぼくは、彼女と一緒に、このパンで自分たちの未来を作っていくんだ」

目を輝かせながら息子は言いました。

眩しいほどの息子の言葉に、彼は思い浮かべました。

若い二人が一緒に店に立つ幸せそうな姿を。

そしてもう一つ。このパンを食べて、笑顔になる人たちの様子を。

息子たちのために一人で店を建てることを決めた彼は、家に帰るとさっそく厚紙で小さな建物の模型を作り、その夜遅くまで息子の思いを聞きながら、店の外観や内装、細かなつくりについて話し合いました。

若い頃、彼は大工の親方に弟子入りをしていました。

彼は、無口で厳しい親方のもとで、掃除の手順から始まり、大工道具の扱いや手入れの仕方、木の選び方やその木にふさわしい使い方といった大工の仕事はもちろん、身だしなみや挨拶の作法から、相手の立場に立って考えることといった、所作や人としてのたいせつなことをたくさん学びました。

息子もパン職人として、若き日の自分のように学んでいるであろうことが、帰るたびの息子の顔つきや振る舞いから、彼にはよくわかりました。

そんな息子の夢を支えるために、自分が存分に腕を振るって店を建てるのです。

その歓びに、彼は、若い頃から自分が打ち込んできたすべては、この仕事のためにあったのだと思えたほどでした。

春先のあたたかな日差しの中、彼は、店を建てる場所とその周りに生えていた実生の木々を伐り、深く張った根を掘りおこしていきました。それが終わると、草が芽生えかけた表土を鋤《すき》取りながら土地を均《なら》し、今度は力を込めて突き固めていきます。

やっと整地を終えると、店の位置や向きを決め、選んでおいた大きな石を一つずつ運んでは、組み合わせを考えながら基礎を築きました。

基礎の上に建物を建てる作業ができるようになったのは、夏の初めでした。

彼は、冬の間に吟味し、図面に合わせて加工していた堅いクリの古材で土台を組み、柱を立て、梁を渡しました。

古い瓦の色味を活かしながら、ていねいに屋根を葺き、床には丈夫なチークの板を張り、壁は何度も重ねて塗りました。

店の中には、焼いたパンが見栄え良く並べられるよう、高さを工夫しながら棚を作りました。

もちろん一番たいせつな、パンを焼く大きな窯は、時間をかけてレンガを積みます。

彼は、いつにもまして丁寧な仕事ぶりで、一つひとつの作業を進めていきました。

一人前のパン職人になって、たいせつな人と一緒に帰ってくる息子。

この店で、力を合わせて自慢のパンを焼く二人。

二人が焼くパンを買いに来てくれる町の人たち。

そして、パンを食べたみんなの笑顔。

早くに妻を亡くした彼は、もうすぐ始まる新しい暮らしのことを考えると、一つひとつの作業が楽しくてたまりませんでした。

何せ自分が作っているのは、息子たちの夢の舞台なのですから。

作業の合間に友人や町の人が通りかかると、彼は汗を拭きながら、ここにパン屋ができること、そしてパン職人となった息子の自慢や、息子たちが作るパンについて話しました。

見ている人聴いている人まで嬉しくなるような、彼の作業の様子や話しぶりに、誰もが新しいパン屋の開店を心から楽しみにしました。

建物が完成したのは、木枯らしが吹く頃でした。

彼が選んで使った材料のおかげで、それはまるで何十年も前からそこにあったかのような風情のある佇《たたず》まいです。

開店の日も決まり、彼をよく知る人や息子の友人たち、そして新しいパン屋の開店を楽しみにしていた町の人たちから、お祝いの花や贈り物、メッセージが次々と届きました。

後は息子が帰ってきて、たいせつな人と一緒に、ここでパンを焼くだけです。

彼は、本当に幸せでした。

ところが……。

大きな悲しみは、なんの前触れもなく訪れました。

彼がその報せを受けたのは、磨くように店の棚を拭いていたときでした。新しい店と結婚の準備のため、先に一人で帰ってくるはずだった息子の乗ったバスが、大きな事故にあったのです。

彼が思いを込めて造った窯に、パンを焼く火が入れられることはありませんでした。

一人きりになった彼は、溢れる涙を拭おうともせずに、真新しい窯を力任せに壊しはじめました。心配して様子を見に来た人たちも、彼の胸の内を思うと、かける言葉もなく同じように涙が溢れるばかりでした。

そうしてすっかり窯を取り壊した店の中には、開店のお祝いにと届けられたものたちだけが所在なさげに残っていました。

彼は悲しみに沈んだ目をそらすと、呻《うめ》くように深いため息を漏らしました。

捨てることも考えましたが、それはお祝いを届けてくれた人の心からも息子のことが消えてしまうようで、自分の手では到底できません。

「一つだけ、頼みごとをしてもいいかな……」

やがて彼は、様子を見に来た庭師をしている友人に頼むと、お祝いの花や贈り物の中に欲しいものや使ってもらえるものがあれば、好きに持って帰ってほしいことをみんなに伝えてもらいました。

そしてお祝いの品々がなくなれば、この店も取り壊そうと考えたのです。

そうはいっても、誰も何も持って帰ってはくれませんでした。

みんな、何もなくなった虚ろな店の中に一人でいる彼の姿を想像したからです。

かといって、お祝いの品々がそのままあるというのも、彼には辛いことに違いありません。

「どうしたものだろうか……」

友人や彼をよく知る人たちは、顔を合わせては彼のことを、そしてどうやって彼のもとを訪ねるのかを話しました。

この冬初めて雪が舞った日のことです。

トントン

店の戸を叩くと、郵便配達をしている友人が、夫婦で彼のもとを訪れました。

二人は、今は使っていないからと、古いストーブを持ってきました。

寒くなったから、ここで使ってくれてもいいし、誰か欲しいという人がいれば、持って帰ってもらってもいいと。

そして、ひとしきりとりとめのない想い出話をした二人は、店に残っているお祝いの品の中から、しおれかかった花の鉢を手に取りました。

「ゆっくりでいいの。元気になってね」

「きっと、だいじょうぶさ。ぼくらがいるからな」

静かに花に語りかけると、二人は、それをストーブのかわりにもらって帰ることにしました。

そんな二人に、彼は、無造作に置かれたままの道具箱の隅にあった、花の種が入った紙袋を手渡しました。

それは、花が好きだった彼の妻がたいせつに育てていた花の種。

妻が亡くなった後は、手伝いながら覚えた通り、彼が花の世話をし、毎年ていねいに種を採っては育ててきました。そして今年は、息子のことを何よりもたいせつに思っていた妻のために、この店のまわりに蒔いて育てるつもりだった花の種です。

二人は、花の鉢と紙袋に入った花の種をもらって帰りました。

二人が帰った後、夕日もその役目を終えた薄暗く寒い店の中でぼんやりとストーブを眺めていた彼は、二人の言葉を思い出しながら、ストーブに僅《わず》かに残っていた油を頼りに、そっと灯芯に火を入れてみました。

久しぶりの点火にざわついていた赤い炎は、やがて静かな青い炎になりました。

「ああ……」

それは、微笑むような、やさしくあたたたかい炎です。

そのあたたかさにふと思いついた彼は、残っていた花の鉢に水をやりました。

トントン

つぎの日には、息子の友人がやってきました。

息子の友人は、薄茶色のしなやかな革の手提げカバンから、自分が子どもの頃に読んだ、表紙にひな鳥が描かれた絵本を取り出しました。

息子の友人は、この絵本が大好きで、たいせつな友だちとよく一緒に読んだこと、それからもずっと本が好きで、今は作家になるために、一度この町を離れて大きな街に行こうと考えていることを話しました。

「それなら、今の気持ちを忘れないために、この本にサインをしておいたらどうかな」

彼は、その絵本に将来の作家の名前を記しておくことをすすめました。

「サインなら、子どもの頃にもう書いてありますよ。そして見てください、次にサインをしたのは、一緒に本を読んだたいせつな友だちです」

表紙の裏を見せられた彼は、そこにあった小さい頃の息子が書いた名前を愛おしそうに指でなぞりました。

息子の友人は、カバンから作品のアイデアを書くためのカードを取り出すと、

「とても楽しい絵本です。子どもの頃、たいせつな友だちとこの絵本を読んで、本を読むことが大好きになりました。

ぼくもこんなお話が書ける作家になります」

と、サインのかわりにメッセージを書きました。

メッセージを書いたカードを添えて絵本を棚に置いた息子の友人に、彼は自分が使い始めていた息子のマフラーと花の鉢を手渡すと、祈るように話しました。

くれぐれも体をたいせつにしてほしいことを。

そして元気に帰ってくることを。

トントン
その次の日には、以前に彼が家を建てた一組の家族がやってきました。

お父さんとお母さん、そして姉妹です。

赤い格子柄のベストを着た姉は、誰も乗っていないベビーカーを押しています。

「十年ほど前、家を建てたときにこのベビーカーに乗っていた女の子が、もうこんなに大きくなったのかい」

子どもの成長に目を見張る彼に、姉がはにかみながら会釈をしました。

続けて彼は、お父さんの手を握ったまま不思議そうにあたりを見回す妹に尋ねました。

「お嬢ちゃんは、もうベビーカーには乗らないのかい？」

「あのね、私は、もうすぐ六歳になるのよ！」

妹は、得意げに答えました。

「それは失礼した。じゃあ、少し早いが、お誕生日おめでとう」

彼は、棚にあった絵本を妹に手渡しました。

「では、絵本のかわりに、このベビーカーをここに置かせていただけませんか。誰か使ってくれる人があれば、差し上げますので」

お父さんが言いました。

絵本に添えられていたメッセージカードに気づいた姉が、それをお母さんに見せました。

お母さんは、一つうなずくと、持っていた買い物用のメモ用紙にメッセージを書きました。

「やっと授かった子どもたち。

小さかった頃には、どこへ行くにもこのベビーカーを押していきました。

それは、私たちにとって、楽しくて幸せな毎日でした」

ベビーカーに添えられたメッセージを読んだ彼は、お父さんとお母さんに花の鉢を手渡しながら話しました。

これからも、子どもたちと過ごす毎日は、振り返ってみると何にも代えがたい宝物のような時間であることを。

トントン

トントン

パン屋を開くはずだった店には、毎日誰かが訪ねてきました。

何かを持ってきたり、何かを持って帰ったり。

もちろん、何かを持ってくるだけの人も、何かを持って帰るだけの人もいました。

気に入ったものを持って帰って、また別の日に、誰かに使ってもらいたいものを持ってくる人もいます。

そうしながら、そこに来る人は、みんな彼と話しました。

それは、なにげないふだんの暮らしのことや想い出話、そして、持ってきたものや持って帰りたいものについての話を。

そのうちに、誰が決めるでもなく、誰かに使ってもらいたいものを置いていくときには、メッセージを書いたカードを添えるようになりました。

悲しみを癒やすには、ぬくもりのある時間が必要です。

そして、自分の存在に意味を見出すとき、絶望の闇に光が射すのです。

トントン
ある日、自分で作ったという小さな木の腰掛を持って、一人の若者が訪ねてきました。

「ぼく、将来は、家具職人になりたいんです。これをここに置いて、誰かに使ってもらえませんか」

訥々《とつとつ》と話す若者が作った腰掛を、彼は、矯《た》めつ眇《すが》めつ隅々まで見ました。

そして、その椅子の座り具合を念入りに確かめた彼は、若者に言いました。

「ひとつ、君に手伝ってもらいたいんだが」

彼は、この若者と一緒に、店を建てた古材の残りでテーブルを作ることにしました。

木の扱い方、作業を進めるための見通しの立て方や段取りの仕方、鋸《のこぎり》や鑿《のみ》や鉋《かんな》といった道具の使い方、頑丈にするための構造のたいせつさ。彼が見込んだ通り、若者は、教えなくとも彼の所作や仕事ぶりから一つ一つ学ぼうとします。

そんな若者のために、彼は時間をかけ、じっくりと作業をすすめてみせながら、やがて一台のテーブルを完成させました。

テーブルができた次の日です。

日曜日の今日は朝からやってきて、艶を出すために蜜蝋のワックスでテーブルを磨いていた若者に、彼は問いました。

「家具職人になりたいのはよく分かった。では、君は、どんな家具職人になりたいのかね」

若者は、手を止めると考えました。しかし、すぐには答えられないでいました。

手を頭にやり、文字通り頭をひねって考える若者の様子に思わず笑みをもらすと、彼は若者の瞳の奥に向けて静かに話しました。

「『家具職人になりたい』というだけなら、家具職人になることがゴールになってしまうが、『どんな家具職人になりたいか』を考えていれば、家具職人になったら、そこがスタートになるんだ。いいか、『どんな家具職人になりたいか』をよく考えて、けっして忘れるんじゃないぞ」

そう話すと、彼は、自分が使ってきた大工道具が入った箱を若者に譲りました。

「こんなたいせつなものを！」

喜ぶよりも先に驚く若者に、彼は続けました。

初心を忘れずに続けることのたいせつさと、いつまでも素直に学ぶ気持ちを失くさないようにと。

そして、約束をしました。

この大工道具のかわりに、いつか会心の作品ができたら、ここに持ってくることを。

若者が帰った後、彼はテーブルの上に、メッセージを書くことができるカードを置きました。

しばらくの間、その手触りや木のぬくもりを確かめるかのように両の掌《てのひら》をテーブルに載せていた彼は、やがて小さくうなずくと、しまっていた一枚の板を取り出してきました。

それは、この店に掲げるはずの看板でした。

店の名前は、「Life」。

息子と、息子のたいせつな人が決めていたものです。

やわらかな日差しの中、彼は、その看板を店の前に立てました。

そうです。

Lifeは、誰かが何かを置いていき、そして何かを持って帰る店です。


ある日のことです。

この店のことを聞いて、一人の若い女性がやってきました。

Lifeと書かれた看板の前で足を止め、しばらく佇んでいた女性は、そっと涙をぬぐうと、たいせつな人と一緒に使うはずだったペアのコーヒーカップを静かに店の前に置きました。

「どうか、このカップを使う二人が、いつまでも幸せでありますように」

と書かれたメッセージカードを添えて。

今日もLifeには、誰かが何かを置いていき、そして何かを持って帰ります。
そう、見えるものも見えないものも。

Life・Episode 1

# *Order*

～ ご注文はすでに ～

工作が好きな男の子と、花が好きな女の子。

小さな頃から、とても仲の良い二人でした。

十八歳になった今でも、そうです。

「今日も行こうか」

「もちろん！」

少しずつ寒さがやわらいできたこの頃。

休みの日や学校が終わってから二人が向かうところといえば、毎日学校に行くときにも帰るときにも花を見ていた、馴染みのおじいさんとおばあさんの庭でした。

なぜって？

長年勤めた郵便配達の仕事を辞めたおじいさんが、おばあさんと一緒に花畑を広げて、新しい庭造りをはじめたのです。

おじいさんとおばあさんの庭造りは、庭師である彼女のお父さんが相談を受けて進めています。二人は、その手伝いをかってでました。

おじいさんとおばあさんの友人や近所の人たちも、時間を作っては手伝ったり様子を見に来たりと庭造りの現場はにぎやかです。

そんな中で、花が好きな彼女は、おばあさんの花づくりを手伝いました。

広げた花畑は、一度土を深く掘り出し、ふるいにかけて出てきた小石を底に敷いて水はけをよくしてから、腐葉土や堆肥を混ぜた豊かな土を戻します。花が咲いたときの様子や彩り、日当たりを考えながら、花を育てる場所を決めていくのですが、もちろん、どの花も一番いいタイミングで苗や球根を植え、種をまかなければなりません。そして優しく声をかけながら世話をするのです。

彼女にとっては、花づくりにかかわる一つ一つが楽しい作業でした。

彼はというと、おじいさんと一緒に、彼女のお父さんの作業を手伝いました。

大きな石を運んでは、その姿や石が見せる表情を見きわめながら据《す》えていきます。その間に通す歩道には、平らな石を選んでバランスよく敷き詰めていきます。庭全体に起伏をつけるために土を盛り、芝生や苔を張り、景色を切り替えるところには、高さや色合いを工夫しながらレンガや石を積むのです。シャベルやツルハシ、剪定のための鋏《はさみ》や鋸《のこぎり》といったいろいろな道具も使いこなさなければなりません。そして花の咲く時期や葉の落ちる時期、成長の速さなどを考慮しながら木や植物を配置して植えていくのです。

彼にとっては、庭造りを手伝う中での一つ一つの作業が興味深いものでした。

そして何より、する作業は違っても、彼女と一緒に働いていることが楽しいのだと、彼はあらためて気づきました。

それは彼女も同じでした。

二人は今までよりもずっと、一緒に過ごす時間が多くなりました。


そんな彼には、もう一つ、家に帰ってからこつこつと続けている作業がありました。

それは、丈夫なオークの材でベンチを作ることです。

彼が使う道具は、鋸《のこぎり》も鑿《のみ》も鉋《かんな》も金槌《かなづち》も、よく手入れされ、しかも持ち手の艶からもわかるように、かなり使い込まれたものです。この道具は、彼がLifeを訪ねたときに、一緒にテーブルを作らせてもらった年老いた大工から譲ってもらったもの。いや、その後亡くなったことを思うと、年老いた大工から「託された」といってもいい道具でした。

以来、自分で考え工夫をしながら、ガレージの中でこつこつと椅子やテーブルを作ってきた彼は、今、ベンチを作ることに夢中でした。


今日は、おじいさんとおばあさんの庭が完成する日です。

彼は、彼女に手伝ってもらい、自分が作ったベンチを荷車に載せて運んできました。

「ぼくが作ったベンチです。どうか使ってください」

庭にある大きな岩の前に置かれたそれは、堅いオークの材を加工し、きっちりとほぞが組まれています。滑らかな座面や背もたれ、そして手すりは、長い時間をかけて磨いたことがわかります。

「これはいい、一日中座っていられそうだ！」

「花の世話より、休憩のほうが長くなりそうね」

あたたかな日差しの中、おじいさんもおばあさんも、そして彼女も彼女のお父さんもみんなも、かわるがわる腰掛けては、彼のベンチに感心しました。

その座り心地のよさ、頑丈さ、そして、なんといっても彼が作ったこの明るい色のオークのベンチは、おじいさんとおばあさんの庭にとてもよく合っていたからです。

その日の夕暮れ、彼女のお父さんが、ガレージに彼を訪ねてきました。

庭師の作業着から着替え、柔らかく馴染んだツイードのジャケットを羽織った彼女のお父さんは、一度言葉をためると言いました。

「庭造りを手伝ってくれた君の仕事ぶりを見ていて考えたんだが……。君は筋がいい。そして、教えなくても学ぼうとする。どうだろう、学校を卒業したら、うちで働かないか」

「えっ⁉」

彼女のお父さんとしてではなく、ベテランの庭師としての言葉に、彼は考えました。

庭造りもやりがいのある楽しい仕事です。

そして何より、それは、いつも彼女と居られるということでもあるのです。

しかし、しばらく考えていた彼は、やがて訥々と話しました。

自分が働く様子を見て誘ってくれたことが嬉しいこと。

庭造りの仕事がとても楽しかったこと。

彼は続けました。

Lifeで年老いた大工と出会い、一緒にテーブルを作ったこと。

そして、たいせつな道具を譲ってもらったこと。

自分は、使う人の心を豊かにするような家具を作る家具職人になりたいこと。

それが、今の自分の夢であると。

Lifeで出会ったという年老いた大工とのやりとり、そして彼が語る夢を静かに聞いていた彼女のお父さんは、彼が見せた年季の入った道具箱にそっと触れました。

それは、紛れもなくLifeを建てた友人のものです。互いに仕事ぶりを認め合い、頼みごとをしたりされたりと信頼しあった友人が、その道具を託したことを知った彼女のお父さんは、小さくうなずくと顔をあげ、さっぱりとした笑顔を見せました。

「わかった。それなら、腕のいい家具職人を紹介しよう。少し遠い町だが一度訪ねてくるといい」

卒業が近づいたある日のことです。

彼は、彼女をLifeに誘いました。

彼は、細やかな木肌のウォールナットで作った、背もたれのついた椅子を持ってきました。

やっと完成させた、今の彼にとっての自信作です。

「会心の作品ができたら、Lifeに持ってくる」

それは、道具を譲ってもらった年老いた大工との約束でしたから。

彼は、メッセージカードを添えて椅子を置きました。

メッセージカードには、

「ぼくが作った椅子です。気に入った方に長く使ってもらえると嬉しいです」

と書いてあります。

その椅子に彼女を座らせると、彼は話しました。

自分は、使う人の心を豊かにするような家具を作りたいこと。

そんな家具を作ることができる職人になるために、遠くの町へ行くこと。

がんばって、一人前になったら必ず帰ってくること。

そして……、できることなら、待っていて欲しいと。

彼女は、かみしめるように話す彼の言葉を、一つひとつうなずきながら聞きました。

やがて彼女は顔をあげると、働くと決めたこの町の花屋のことをつとめて明るく話しました。


人を待つ月日は、長く感じられるものです。

しかしその日々も、会いたいという思いと、やがて会える日があるからこそ待てるのです。

彼女は、彼に手紙を書きました。

郵便配達をしていたおじいさんが勧めてくれたのです。

手紙に書くのは、花屋での仕事の様子、身の回りの出来事や町のニュース、そして伝えたい思い。

さらには、

「ひじ掛けのついた椅子も作ってみてね」

「素敵なテーブルと椅子のセットがあればリビングに置きたいわね」

「子ども用の椅子は、どんなのがいいかな」

「ロッキングチェアは作れるかしら」

「いろんな木の椅子があれば、選ぶのも楽しそうね」

「お年寄りが座る椅子なら、クッションがあった方がいいと思うわ」

「椅子の高さや背もたれの角度は、使う人にあわせて変えられるの？」

「椅子に頭をもたせかけるクッションが付いていれば、うたた寝ができそうね」

「一脚作るのにかかる時間は、速くなったかしら」

こうした、彼の仕事を励ます注文も書き添えました。

それにこたえる彼の手紙からは、仕事に励み、腕を磨いている日々の様子が伝わってきました。

でも、手紙に書かれている、大きな町の楽しそうな出来事を思い浮かべるたびに揺れる気持ちがあります。彼の手紙に「会いたい」という言葉を見つけると、それ以上の思いを込めて言葉を紡ぎました。

そして、手紙には、必ず自分が作った押し花を添えました。

ネモフィラ、カスミソウ、デルフィニウム、アリッサム、スターチス、レースフラワー、バーベナ、サフラン、ニチニチソウ、ビオラ、パンジー、スミレ、クローバー、ポーチュラカ……。

花言葉ときれいな押し花の作り方は、花を育てているおばあさんに教わりました。

レターセットは、どれほど使ったでしょう。

彼が町を出てから五年目のある日、彼女のもとに最後の手紙が届きました。

手紙には、町へ帰ってくることが書いてありました。

待ち合わせは、そう、Life です。

その日、彼女は高鳴る胸を押さえながら、Life へと向かいました。

朝の澄んだ日差しの中、待ち合わせの時間よりもずいぶん早く。

でも、Life の前には、それよりも早くから彼女を待つ彼の姿がありました。

遠くに彼を見つけたとき、彼女は思わず涙が溢れそうになりました。

白い息を吐きながら駆け寄る彼女に、彼は少し照れくさそうに微笑むと、抱えていた大きな包みを渡しました。

「これは？」

彼女が包みを開けてみると……。

それは、一人前の家具職人になった彼が腕をふるって拵《こしら》えた、マホガニーのすてきな額でした。そして、深みのある紅褐色のその額には、小さな押し花を集めた大きな花束が収められていました。一つひとつの押し花は落ち着いた色合いですが、大きな花束になると、そこには奥ゆかしい華やかさがあります。その押し花の一つ一つに五年間の彼女の思いが、そして花束と額には彼の思いが込められていました。

彼は、花束の額を胸に抱えた彼女に、この町で家具職人として生きていくことを話しました。

「約束通り帰ってきた。だから、ぼくと……」

続けて、心に決めたたいせつな言葉を言いかけた彼は、それをのみ込みました。

この町を出るときにLifeに置いていった椅子のことを思い出したからです。

もし、あの椅子が誰にも気に入ってもらえずに、まだここにあるようなら、家具職人として仕事をすることなど到底難しいと思ったのです。

彼は、大きく息を吸うと、Lifeのドアを開けました。

(だいじょうぶ。きっと、誰かが持って帰って使ってくれているさ)

そう信じて。

ところが、どうでしょう。

五年前に置いた椅子は、今でもあの日のまま、Lifeにありました。

厳しい現実に、彼は立ちつくしました。

そのときです。

彼女が、椅子に添えられたメッセージカードと椅子に置かれたノートを持ってくると、押し黙ったままの彼に渡しました。

メッセージカードには、五年前に彼が書いた、

「ぼくが作った椅子です。気に入った方に長く使ってもらえると嬉しいです」

に続けて、

「これは、今、家具職人になるために遠くの町にいっている私のたいせつな彼が、この町を出るときに心をこめて作った椅子です。

みなさん、この椅子に座ってみてください。そして、どうか御意見をお聞かせ下さい。

彼は、きっと腕のいい家具職人になって帰ってきます。

楽しみにしていてくださいね！」

と彼女のメッセージが書き足されていました。

見ると、ウォールナットの椅子の座面や背もたれは、味わい深い艶が出ています。

きっとLifeを訪れたたくさんの人がこの椅子に座ってくれたのでしょう。

目を見張りながら、彼は、渡されたノートを開きました。

「！　！　！」

彼は言葉を失いました。

そこには、家具職人の彼に期待するたくさんのメッセージや感想とともに、いろいろな注文が書かれているではありませんか。

「これにひじ掛けがついているとありがたいな」

「セットで使えるように、リビングのテーブルも作っていただけるかしら」

「これを小さくして、子ども用の椅子を作って欲しいわ」

「この椅子で、ロッキングチェアはできるかな」

「他の木でも同じ椅子が作れるのかね」

「年をとっているから、クッションがあればありがたいのだが」

「わたしには、もう少し低く作っていただけるかしら」

「あと少し背もたれに角度が欲しいのだが、それは注文のときにお願いするよ」

「いつも座っているが、ほんとに座り心地がいいよ。このまま寝られるといいね」

「私にはちょうどいい。帰ってきたら一つ作ってもらいたいんだが、一脚作るのに時間はかなりかかるのかな」

「これは……、君からの手紙にあった、ぼくを励ましてくれた注文じゃないか！」

「そう。このご注文どおりに腕を磨いたんでしょ」

「もちろんさ！」

「だから……。ね、今日からでもすぐに、この町で仕事を始められるわよ」

そう言って微笑む彼女を、彼は力いっぱい抱きしめました。

「結婚しよう！」


今日は、住む部屋を決めた二人がLifeにやってきました。

二人は、テーブルに置かれていたペアのコーヒーカップを手に取ると、これからはじまる暮らしのことを楽しそうに話しました。

そして、二人で一緒に育てようと、花の種が入った紙の袋も手に取りました。

二人は、コーヒーカップと花の種のかわりに、かわいいレターセットを置きました。

メッセージカードには、

「わたしたちは、これからずっと、いつでも話すことができるようになりました」

と書いてあります。

今日も Life には、誰かが何かを置いていき、そして何かを持って帰ります。

そう、見えるものも、見えないものも。

Life・Episode 2

# *Love Letter*

～ 私への手紙 ～

おじいさんとおばあさんが、Life にやってきました。

二人は、今日も鉢植えの花を一つ、棚に置きました。

「この花で、誰かが笑顔になりますように」

と書いたメッセージカードを添えて。


おじいさんは、花の鉢のとなりにあった、金色の縁と赤味がかった木の持ち手がしゃれた大きなルーペを手に取ると、試しに、添えられていたメッセージカードを読んでみました。

メッセージカードには、

「おばあちゃんは、いつもこれを使って、新聞を隅から隅まで読んでいました」

と書かれていました。

「なるほど、これは助かる！」

ルーペをかざしては次々と他のメッセージカードの細かい文字を読みながら、まるで子どものように喜ぶおじいさんの様子に、おばあさんはいつもながら笑みがこぼれました。

家に帰ると、おじいさんはさっそく分厚いアルバムを取り出してきました。

それは、この前、屋根裏部屋を整理していたときに、久しぶりに目にしたものでした。

おだやかな春の日差しの中、二人はいつものように、庭の大きな岩の前に据《す》えられたオークのベンチに腰を下ろしました。

「どうだい、今日はひとつ、このアルバムを反対に開いていかないか」

「反対にですって？」

「そうさ、どんどん若くなっていくのさ」

「まあ、若くなってどうするの？」

「それは、決まってるじゃないか。また、君のことを大好きになるんだよ」

ルーペをのぞいてみせながら、おじいさんが楽しそうに言いました。

二人は、深い緑色の表紙の古いアルバムを反対に開いていきました。

「これは、がんばってこの庭を造ったときだ」

そうです。この庭は、おじいさんが長年働いた郵便配達の仕事を辞めてから、それまでおばあさんが手入れをしてきた花畑を広げて造ったのでした。

「この時は、いろんな人が手伝ってくれて」

「郵便配達の仕事をしていたおかげで、町のみんなをよく知っていたからね」

「そして、完成したときにもらったこのベンチ。相変わらず頑丈だ。それにこうして時がたつほどいい風合いになってくる。いや育っているといってもいい。まったくたいしたもんだ」

いつものようにベンチのなめらかなひじ掛けをなでながら、おじいさんは言いました。

「あの日、Lifeでもらった花の種も、たいせつに育てて増やして、今ではこんなにたくさんの花を咲かせるようになったわ」

「おかげで、ぼくも花を育てることが、いや、君と一緒に花を育てることが大好きになったよ」

「最初の計画では、庭の真ん中にあったこの大きな岩を、どうにかして動かそうとしましたよね」

「そうだった。手伝いに来たみんなも一緒になって、ここから運び出すことばかりを考えていたよ。この岩がなくなれば、その分花畑が広くなると思ってね」

「でも、休憩しているときに、小さな子どもたちが、まるで山登りをするように遊ぶ様子を見て、そのままここに置いておくことにしたんだったわね」

「君が、『岩は、木とちがって、これ以上大きくなりませんから』といって、みんなが大笑いしたんだ。君のウィットは冴えていたね。まあ、今考えてもこの岩を残したのは、大正解だったな」

「そうね、それからこの岩のある景色を考えて、庭のデザインを変えて、あなたは、この岩に『サンシャイン』って、名前までつけて」

「今じゃこの庭のシンボルさ。それに……」

「それに？」

「この岩がこうしてここにあるまでの何千万年もの時間と来歴に比べれば、人間の一生なんて瞬きほどのものだろう。そう考えるとね、最近では、この岩を見るたびに、だからこそぼくらは、今日という一日をたいせつに生きなけりゃと思えてね」

二人は、話しながら、ゆっくりとアルバムのページをめくっていきました。

そう、二人の時間をていねいに巻き戻すかのように。

画家になることを目指して、一人娘が旅立っていった日の写真です。

二人は思い出していました。

画家になるという子どものころからの夢をかなえたいと、打ち明けられたとき。

働いて蓄えたお金で、海外で本格的に絵を学ぶ計画を聞いたとき。

「夜遅くまで、二人でずいぶんと話しましたね」

「画家として生きていくことが、どれだけたいへんなことか」

「遠くの国で学ぶことにも、知らない街で一人暮らすことにも、心配ばかりが先に立って」

「でも最後は、何よりも自分で納得のいく人生を送ってほしいと願ったじゃないか」

そこから辿るページにも、たくさんの笑顔がありました。

「そういえば、この頃から、『お母さんのために花畑を広げてあげてよ』って、よく言われてたな」

スケッチブックに描いていた「サンシャイン」と名付けられる前の大きな岩のデッサンの手を休め、花の世話を始めた母を手伝う高校生の頃の娘です。

「これは、絵で金賞をとったときね」

「花畑の中、君の明るい笑い声が聞こえてくるような絵だったな」

　中学生の頃、花畑の中の母を描いた娘の絵が金賞をとった展覧会での記念写真です。

「ああ、これは父の日だ。この頃は、よく、絵に描いてくれてたなあ」

「きっとあの子には、自転車で郵便配達をするお父さんが、いちばんかっこよく見えてたんでしょうね」

　郵便配達の帽子をかぶり、黒い皮の大きな郵便カバンをかけた小学生の頃の娘が、郵便配達をする父を描いた絵を父に届けています。

「毎日、お弁当のリクエストが多くて。でもそのたびに、『よーし、ふたを開けたらおどろくわよ』って、がんばってたわ」

「おかげで、ぼくも毎日お弁当が楽しみだったよ」

　幼稚園で飾ってくれた自分が描いた家族の絵の前で、友だちと一緒にお弁当を食べている娘は、屈託のない笑顔です。

「この時は、君のお父さんと祝杯をあげたんだ」
「みんなから祝福されて、そしてみんなを笑顔にして。あら、あなただけ泣いてますよ」
「ああ、生まれてきてくれたことが、うれしすぎてね」

娘が生まれた日です。

「思えば、いつも幸せな時間だったのね」
「母親としての君も素敵だったよ」
「ま、アルバムと同じで、振り返る思い出は楽しいことばかりですものね」
「いいんだよ。それで」

ルーペで写真を拡大しながらページをめくっていた二人の手が止まりました。

明るい春の日差しの中、花畑の前の赤い郵便受けを挟んで立つ若い二人。

おじいさんとおばあさんが結婚する前の写真です。

「ぼくが、郵便配達の仕事を始めたときだった。この庭の小さな花畑で花に水をあげていた君に出会ったのは」

「そうでしたね」

「それから、ぼくは、また君に会いたいと思っていたんだ。そうしたら、ラッキーなことに君への手紙が続いてね。毎週、届けるのが楽しみだったよ。なにせ、赤くてピカピカと輝く新しい郵便受けのそばの花畑には、いつも君がいたからね」

「ええ」

「そうだ、思い出したぞ。じつは、……あの頃、君にラブレターを書いたことが何度かあったんだ。でも、自分のラブレターを自分が配達して手渡すというのが、どうにも恥ずかしくてね。結局出さずじまいさ」

「まあ！　そうでしたの」

「若い頃のラブレターか……、とっておけばよかったな」

「フフッ。ラブレターならありますよ」

おばあさんは、にっこり笑うと腰を上げました。

おばあさんは、家の中から、たいせつにしまっておいた黒い皮の大きな郵便カバンを持ってきました。それは、おじいさんが仕事で使い続けていたものです。

「開けてみて」

おじいさんが、使い込まれた懐かしい郵便カバンを開けてみると、中には、あの頃自分がおばあさんに配達した手紙が入っていました。

どの封筒にも赤いバラの花束が描かれた切手が貼ってあったことを、よく覚えています。

「えっ、……なんてこった！　じゃあ、ぼくが喜んで配達していたのは、誰かから君へのラブレターだったのかい!!」

「読んでもいいわよ」

「読むもんか！」

「いいから読んでみて。いいえ、読んでほしいの」

「……」

自分が配達した手紙がラブレターであったことに驚き、憮然《ぶぜん》とするおじいさんでしたが、おばあさんにいわれて、渡された手紙を渋々読んでみると……。

なんということでしょう。

「私が花に水をあげていると、郵便が届いたの。
配達してくれた彼は、今日から郵便配達をはじめるんですって。
はずかしそうに住所と名前を確かめて手紙を渡してくれたんだけど、
とても優しそうな笑顔だったわ」

「今日は郵便受けのそばにいた。
今日も住所と、そうそう、今日は私の名前を二度確かめて手紙を渡してくれた。
来週は、私が咲かせた花を見てもらおう。
でも、忙しそうだから無理かな」

「今日も郵便受けのそばで彼を待った。
今日は、花畑の花を見てもらった。
花の名前を知らなかったから、私が教えてあげたの。

彼も花は大好きだって。
花を好きな人に、悪い人はいないと思う」
「郵便受けのそばにいると自転車の音が聞こえた。
今日は、彼から花のことを話してくれた。
『育ててみたい』っていうから、とっておいた花の種をプレゼントした。
ちゃんと私の目を見てお礼を言ってくれたけど。
『ありがとうございます』だって。
もっと仲良くなれるかしら」

「今日は驚いた。
髪型をポニーテールに変えてみたんだけど。
おまけに郵便受けから少し離れたところにいたんだけど。
すぐに気づいてくれた。
『よく似合いますね』ですって。

それから……、デートに誘われたの」

おじいさんは、おばあさんと出会った頃の様子を鮮やかに思い出しました。

「これは……」

読み終えて顔を上げたおじいさんに、おばあさんは話しました。

「あの頃、自分宛の手紙を書いて、きまって金曜日にポストに入れていたの。働いていた図書館の仕事がお休みの月曜日、私が家にいるときに手紙が届くようにね」

「それじゃあ!?」

「だから、そう、これは、私が書いて私に届く、あなたへのラブレターだったのよ。ちゃんと毎週会えたんですものね」

「こんな素敵なラブレターを、ぼくは知らずに届けていたなんて!」

胸が高鳴るおじいさんに、おばあさんは、もう一度手紙が入っていた封筒を手渡しました。

「ん?　………あっ!」

おばあさんのうれしそうな表情から、封筒に目を向けたおじいさんは声をあげました。

「この切手の絵は、五本のバラの花束じゃないか！　そうだったのか!!　今のぼくならわかるよ」

五本のバラの花言葉、それは、「あなたに出会えて心から嬉しい」です。

時を経てやっと、貼られていた切手に、郵便を確かめながら配達をする自分へのメッセージが込められていたことに気づいたおじいさん。そして、今あらためて、おばあさんの変わらない思いを受け取ったおじいさんに、おばあさんは、すました笑顔で尋ねました。

「また、私のことを大好きになったかしら？」

「ああ、もちろんさ。なんだか、今、君に初めて出会ったときのような気分だよ！」

二人は、すっかり若い頃に返ったかのようです。

「しかし、君とつきあうようになってから、しばらくして、君のお父さんへの手紙を届けたことがあってね。そのときは、なぜか腕組みをしたお父さんが郵便受けの横に立っていたんだ」

おじいさんが、もう一つ思い出したことを話しました。

「ということは……」

二人は顔を見合わせると、はじけるように笑いました。

「あれは、もしかすると、お父さんが、お父さんに宛てて書いたのかもしれないな」

「どうでした？」

「そりゃあ、緊張しながら手紙を渡したさ。そうするとね、お父さんが一言、『仕事、がんばってるんだな』って、言ってくれたのさ」

「お父さんらしいわ」

「どうだい、せっかくこうして若い頃にもどったんだ。もう年をとるのはやめて、若いままでいようじゃないか」

おじいさんが腰をあげました。

「じゃあ、明日はなにをしましょうか？」

「まずは、この郵便受けの手入れからだ。二人であの頃のようなピカピカにしてあげよう」

おじいさんは郵便受けのところへ行くと、少しペンキが剥《は》げ、くすんで古びた郵便受けをなでながら言いました。

次の日です。

おじいさんとおばあさんは、Life にやってきました。

おじいさんはいつものように花の鉢を一つ置くと、近くの棚に置かれていた使い残しのペンキの缶を手にしました。

おばあさんが読むメッセージカードには、

「艶のあるすてきな赤色に仕上がりますよ」

と書かれています。

今日も Life には、誰かが何かを置いていき、そして何かを持って帰ります。

そう、見えるものも見えないものも。

Life ライフ

# ～ 愛しき*Life*へ ～

小さな町の外れに、その店はあります。

店といっても、誰かが働いているわけでも、何かを売っているわけでもありません。

でも、この店には品物が置いてありますし、お客もやってくるのです。

店の名前は、「Life」。

お客は、Life をのぞいて、必要なものや気にいったものがあれば持って帰ります。

そのかわり、自分が使わなくなったものや、誰かに使ってもらいたいものを置いていくのです。

こんなふうに……。


冷たい風が吹いた日です。

一人のおばあさんが Life にやってきました。

「おじいさんは、花を育てることが大好きでした。

おじいさんが用意していた春に咲く花の種です」

というメッセージカードを添えて、おばあさんは、持ってきたいくつかの小さな紙の袋を棚に並べました。

おばあさんは、突然一人ぼっちになった悲しみに、花を育てる気にもなれなかったのです。

おばあさんは、おじいさんと二人で、咲かせた花をもって Life にきていた楽しかった日々のことを思い出すと、また、寂しさがこみあげてきました。

小さくため息をつき、帰ろうとしたおばあさんは、ドアのそばの棚に置かれてあった写真立てに目をとめました。

写真立てには、

「想い出はいつまでも」

というメッセージカードが添えられています。

おばあさんは、そっと写真立てを手に取りました。


自転車に乗った男の子が、Life にやってきました。

男の子は、店の中を興味深そうにながめて歩きました。

男の子は、おばあさんのメッセージカードを見つけると、花の種が入った紙の袋を一つ手に取りました。

今年こそは、お父さんやお母さんに手伝ってもらわないで、花を育ててみたいと思っていたからです。

男の子は、表紙の裏に書いた自分の名前を確かめると、

「すごくたのしくて、おぼえちゃった。

ぼくもたいせつによんだよ」

というメッセージカードと一緒に、表紙にひな鳥が描かれた絵本をていねいに本の棚に置きました。

この絵本は、男の子が小さかったころ、おじいちゃんがLifeから持って帰ってきてくれたものでした。

小さな女の子をベビーカーに乗せたお父さんとお母さんが、Lifeにやってきました。

お父さんは、本の棚になつかしい絵本を見つけました。

楽しそうなひな鳥の表紙を開くと、そこには今までこの絵本をたいせつに読んだ子どもたちの名前が書いてあります。

いちばん最初に書いてある自分の名前をお母さんに見せると、お父さんは、その絵本

をベビーカーの女の子に持たせました。

それから、お母さんは、花の種が入った紙の袋を手に取りました。

花が咲く庭で、女の子と、もうすぐ生まれてくる子どもを遊ばせたいと思ったからです。


お父さんとお母さんは、絵本と花の種のかわりに、

「家族用のカップのセットを使うようになりました。

二人の時間も幸せでしたが、今はもっと幸せです」

というメッセージカードを添えて、Life で見つけて二人がたいせつに使っていたペアのコーヒーカップをテーブルの上に置きました。


若い二人が、Life にやってきました。

二人は、テーブルに置かれていたペアのコーヒーカップを手に取ると、これからはじまる暮らしのことを楽しそうに話しました。

そして、二人で一緒に育てようと、花の種が入った紙の袋も手に取りました。

二人は、コーヒーカップと花の種のかわりに、かわいいレターセットを置きました。

メッセージカードには、

「わたしたちは、これからずっと、いつでも話すことができるようになりました」

と書いてあります。


女の子が、Lifeにやってきました。

女の子はレターセットを探していました。

女の子は、すぐにテーブルの上のかわいいレターセットを見つけると、バッグから、すこし窮屈になった赤い格子柄のベストを取り出し、ハンガーに掛けて飾りました。

このベストは、姉からのおさがりでもらったものでした。

ベストに留めたメッセージカードには、

「はじめてこのベストを着たとき、少しおねえさんになった気がしたわ。

きっとあなたもよ」

と書かれています。

それから、女の子は、花の種が入った紙の袋を二つ手に取りました。

遠くの町に引っ越していった親友に、手紙と一緒に花の種も送ろうと考えたからです。

こんなふうに、Life には、誰かが何かを置いていき、そして何かを持って帰るのです。


春になりました。

おばあさんが、夏に咲く花の種をもって Life にやってきました。

おばあさんの心は、まだ悲しみに沈んだままでした。

小さくためいきをつきながら、おばあさんがドアを開けたそのときです。


おばあさんは、息をのみました。

テーブルの上にも、壁の棚にも、色とりどりに花を咲かせたたくさんの植木鉢が置かれているではありませんか。

それはまるで、おじいさんの花畑に立ったようでした。


こぼれんばかりに花が咲いているそれぞれの植木鉢には、メッセージカードが添えられています。

「ぼくがさかせたおじいさんの花だよ。すごいでしょ」

「おじいさんの花の咲く庭で、毎日子どもたちが元気に遊んでいます」

「おじいさんの花を二人で育てました。来年は三人になりそうです」

「遠くの町でも、おじいさんの花が満開に咲いているんですって」

おじいさんの花の種を持って帰った人が、育てて咲かせた花を、一鉢二鉢と持ってきたのです。

おばあさんが悲しみに沈んでいるあいだにも、冬は過ぎ、春は来ていました。

花の中に腰を下ろし、しばらく花とメッセージカードを見つめていたおばあさんの心に、しだいに、あたたかな明るい風が吹いてきました。

おばあさんは、持ってきた花の種が入った小さな紙の袋を半分だけ棚に置くと、通りに出ました。

満開の花が咲く植木鉢、そして笑顔をもらって。

来るときには、うつむいていたので気がつきませんでした。

でも、顔をあげれば、幸せは見つかるものです。

帰り道、おばあさんは、町のあちらこちらで咲いているおじいさんの花と、花を咲かせてくれた人たちがいきいきと暮らす様子を、たくさん見ることができました。


おばあさんは家に帰ると、写真立ての笑顔のおじいさんの前に、いっぱいに花をさかせた植木鉢を飾りました。

するとどうでしょう。

花畑を歩いてくるおじいさんの楽しそうな足音が聞こえてくるようです。

おじいさんの笑顔に一つうなずいてみせると、おばあさんは、夏に咲く花の種をまく準備をはじめました。

やさしいひだまりの中、それはまるで、おじいさんと相談するかのように。

今日も Life には、誰かが何かを置いていき、そして何かを持って帰ります。
そう、見えるものも、見えないものも。

Life・New Story

# *Tomorrow*

〜 顔をあげれば 〜

女の子がLifeを出たときです。

自転車に乗ってやってきた男の子が、声をかけました。

「やあ！　また会ったね」

「まあ、こんにちは」

「Lifeには、よく来るの？」

「ええ。だってLifeには、楽しいものがたくさんあるんですもの」

「あのね、いいこと教えてあげようか」

「教えて！」

「ぼくね、花の種、ほら、Lifeに置いてあったおじいさんの花の種をもらって、一人で育てて花を咲かせたんだよ。植木鉢でも育てたし、庭の花壇でも育てたんだ」

「じゃあ、私もいいこと教えてあげましょうか」

「教えて、教えて！」

「おじいさんの花の種、私は、お兄ちゃんと一緒に育てたのよ。私の家でもきれいな花がたくさん咲いたわ。それからね、お兄ちゃんと仲良しの女の子が、遠くの町に引っ越していった親友に手紙と一緒に送ったそうなの。そうしたら、遠くの町でも満開の花を咲かせたんですって」

Life の前で、二人は話しました。

「今日は、何か持ってきたの？」

「杖よ」

「杖？」

「そう、お父さんが、おばあちゃんのためにと何本か作ったうちの一つ。『Life に行く』って言ったら、『誰かの支えになるはずだから、置いてきてくれ』って頼まれたの。あなたは？」

「ぼくは……、今日は、Life の掃除をしようと思ってね」

「お掃除？」

「うん、前に父さんと来たときにも、やったことがあるんだ」

「そういえば、私の家の近くに住んでるお姉さんも、よく Life のお掃除をしてるって、お兄ちゃんが言ってた。ねえ、私も一緒にお掃除をやっていい？」

「もちろんさ！」

二人は、Life に入ると、掃除を始めました。

手分けをして、床を掃いたり棚を拭いたり。

「あのね、とびきりすごいことを教えてあげようか」

「教えて！」

「ぼく、知ってるんだ。このLifeは、パン屋になるはずだったって。おじいちゃんが言ってた」

「えーっ、そうなの！」

「おどろいた？」

「おどろいた。だって、私、大きくなったら、パン屋さんになりたいんですもの」

「えーっ、えーっ、そうなの！」

「おどろいた？」

「おどろいたよ。だって、ぼくもパン屋さんになりたいんだから！」

「えー――っ！」

掃除をしていた二人の手が止まりました。

「じゃあ、今度、一緒にパンを焼いてみない？」

「いいね！　でも、ぼくは、パンを焼いたことがないんだ。君は？」

「私も焼いたことはないけど……」

「えっ、それって、ぼくたちだけで、だいじょうぶかなぁ」

「あのね、私にいい考えがあるの。さっき話した、私の家の近くに住んでるお姉さん。そのお姉さんって、今は雑貨店で働いているんだけど、前にはパン屋で働いていたことがあるんだって。よくお話ししてる私のお母さんが言ってた。それで、私、いつかパン作りを教えてもらいたいなって思ってたの。だから、二人でお願いして、パン作りを教えてもらうのはどうかしら」

「なるほど、それはいいね！　よし、掃除が終わったらお願いに行こうよ」

二人が楽しそうに話しているときです。


「やあ、こんにちは」

一人の男の人が Life にやってきました。

「あっ、お客さんだ」

「こんにちは！」

男の人は、薄茶色のしなやかな革の手提げカバンから一冊の絵本を取り出すと、メッセージカードを添えて本の棚に置きました。

「まあ、その絵本って！」

「これ、読んだことがあるのかい？」

「私、その絵本、大好きです。『サンディ』っていうモグラがいっしょうけんめい穴を掘るのが楽しくて、小さい頃、何度も読んでもらいました」

「それはありがとう。じつは、この作品は、私が書いたお話なんだ」

「ええっ！」

「ほんとだ！　メッセージカードに、『私が書いたお話です。お楽しみください』って書いてある」

「じゃあ、おじさんは、作家ですか？」

「ああ、そうだよ。ところで、二人は、どうしてLifeの掃除をしているんだい？」

「うーん、どうしてって聞かれても……。Lifeは、みんながやってくる、みんなのお店でしょ」

「そうだね」

「その『みんな』の中には、おじさんもぼくらも入ってるでしょ」

「うん、入っている」

「だからだよ。だから今日は、ぼくが掃除をやろうと思ったんだ」

「わたしはね、フフッ、お掃除が楽しそうだから」

「なるほど、どちらもすばらしい答えだ！」

「ねえ、おじさんは、この Life が、もとは、パン屋になるはずだったって知ってましたか？」

「ん……ああ、……知ってる」

思いもかけない質問に、少し戸惑いながら作家は答えました。

「何だ、知ってるのか。じゃあ、ぼくらが、大きくなったらパン屋さんになりたいってことは？」

「それは知らなかったな」

「あーっ、でも、まだ秘密ですからね」

「わかった。誰にも言わない。しかし、とっても楽しみだ」

「ぼくらがパン屋さんになったら、買いに来てくださいね」

「もちろんさ。開店前に並んででも、一番に買いに行くよ」

「ところでおじさん、今日は、何か持って帰るんですか？」

「いや、今日は、君たちと話せて、すてきなものをたくさんもらったから、それだけでじゅうぶんだ」

作家は、うれしそうにうなずきました。

「あの、今度は、どんなお話を書くんですか？」

「そうだなあ、次は、この Life を舞台にしたお話を書こうと思うんだ」

「ということは！　もしかして、ぼくらも登場するの!?」

「かもしれない。いや、きっと登場するさ」

「約束ですよ！」

「ああ、約束する」

掃除を終えた二人は、作家と一緒に Life を出ました。

それから二人は、女の子が言っていた「近くのお姉さん」を訪ねました。

「こんにちは！」

「まあ、いらっしゃいませ。あら、今日は、お友だちもご一緒？」

突然の訪問にもかかわらず、土曜の午後の小さなお客さんを、彼女は快く迎えてくれました。

狭いながらも、わずかなものがきちんと置かれた明るいリビング。

木の長椅子に並んで腰かけた二人は、小さなテーブルに出された紅茶の香りに鼻をくすぐられながら話しはじめました。

Lifeに行っていたこと、二人で掃除をしたこと、そしてLifeはパン屋になるはずだったことや、二人とも大きくなったらパン屋さんになりたいと思っていることがわかって、お互いに驚いたこと。

「それで、『二人でパンを焼いてみよう』ってことになって」

「でも二人だけじゃできなくて」

「私、お姉さんはパン屋で働いていたことがあるって、お母さんから聞いていて。いつかパン作りを教えてもらいたいなって思ってたんです」

「ぼくたちに、パンの作り方を教えてもらえませんか」

微笑みながら聞いてくれる彼女に、二人は一生懸命に話しました。

しかし、彼女の瞳の奥にある深い悲しみに、二人が気付くことはありませんでした。

「二人は、どうしてパン屋さんになりたいの？」

「だって、パンが好きなんですもの！」

「おいしいパンを自分で焼きたいです！」

「おいしいパンなら、それを食べたお客さんは、きっと笑顔になると思うの」

彼女の問いかけに、二人は瞳を輝かせながら答えました。

「だから、お願いします。パンの作り方を教えてください！」

眩しいくらいまっすぐにお願いをする二人に目を伏せながら、彼女は話しました。

「私もパンが大好きで、おいしいパンを自分で焼きたいと思ってパン屋で働いていたの。いつかは自分の、自分たちのパン屋を始めたいと思って。……でも、今では、その夢も、楽しかった想い出もしまったまま。そう、しまったまま、どうすることもできないでいるの。だから……、ごめんなさい、パン作りを教えることも、きっとできないと思うの」


二人が帰った後。

彼女は、窓辺の椅子に腰を下ろしました。

「だって、パンが好きなんですもの」

「おいしいパンを自分で焼きたいです」

「おいしいパンなら、それを食べたお客さんは、きっと笑顔になると思うの」

自分の問いかけに二人が答えたのは、彼女自身も幾度となく語った言葉でした。


日が、ずいぶんと西へ傾きました。

二人の言葉を思い返していた彼女は、この町に越してきたときのまま一つだけ残していた荷物をほどいてみることにしました。

固く結ばれた紐を解き、開けられた荷物には、計量カップや計量スプーン、スケールやボウル、のし棒やヘラといったパンを作る道具と籐のバスケットが入っていました。そして籐のバスケットの中には、ちぎり絵の小さなお店を表紙につけた一冊のノートがありました。

彼女は、そっとノートを取り出しました。

それは、いろいろなパンを作るレシピが記されたノートです。

が、取り出してはみたものの、彼女は開くことができずにいました。

このノートを開くことは、彼女にとって、同じ夢に向かって歩いていた彼との、これからも一緒に歩いていこうと決めた彼との幸せな想い出をくまなく辿ること。そしてそれは、突然訪れた永訣《えいけつ》の悲しみに再び向き合うことになるからです。

彼女には、わかっていました。

誰も過去へ帰ることはできないということも、今生きていることが、どれほどかけがえのないものであるのかということも。

だから、一度は決めたはずでした。

自分たちが語り合った夢のために、二人分の未来のために、一人でこの町に住むことを。

でも、いくら頭ではわかっていても、あたりまえのように過ぎてゆく日々の暮らしの中にあって、時の流れに一人立ちすくんだままの自身の心を、彼女は未だにどうすることもできないでいました。

作業を重ねながら書いたことを物語る粉っぽいノートの表紙に手を添えたまま、目を閉じ逡巡する彼女の瞼に、夢を語る小さな二人の屈託のない笑顔が浮かんできました。

それはまるで、パンが焼ける窯の前で、未来に向かう夢だけを語り合っていた遠い日の自分たちのようでした。

彼女は心を決めると、……そっとノートを開きました。

色々なパンを作る細かな手順や工夫、失敗したことや上手くいったこと、焼きあがったパンの香りや味、気づいたことや感動したこと、語り合った夢、未来への高揚感。

昨日のことのように思い出される、たいせつな人と過ごした幸せな時間。

と同時に、向き合わざるを得ない深く大きな悲しみと絶望。

激しく揺れ動く心のままに、拭うことなく流れる涙と誰憚《はばか》ることない慟哭《どうこく》の中、彼女は店の名前を「Life」と決めたページで終わるノートを閉じました。


どれほどたったでしょう。

深く差し込む夕日が、部屋の壁まで茜色に染めています。

身をよじり泣きつくした後の静寂《しじま》の中にあって、彼女は、やがてはっきりと思い起こしました。

このノートに記したものは、未来の自分たちへのエールであり、自分たちが焼くパンのむこうに広がる限りない笑顔のためのレシピであったことを。

日曜日の朝です。

二人は、今日も彼女の家を訪ねました。

昨日の帰り道、二人は相談をしたのです。

「『教えてください』じゃ、ダメなのかな」

「そうね。考えてみれば、最初から、『教えてください』は、自分勝手なお願いよね」

「じゃあ、どうすれば……」

「……そうだ！　『一緒に作る』っていうのは、どうかしら」

「一緒に作る？」

「そう。まず、私たちが二人でパンの作り方を調べて勉強するの。それをお姉さんに見てもらって、『パンを作るときには、一緒に作ってもらえませんか？』って、お願いするの」

「なるほど。そうしよう。パン屋さんになりたいっていうのは、自分の未来のことなんだから、自分が頑張らなくちゃね」

二人は、玄関の前で、昨日相談して決めたことをもう一度確かめました。

ドアをノックする音にこたえる声に、玄関を開けたそのときです。

出迎えた香りに、二人は思わず声をあげました。

「うわーっ、なんておいしそうな香りなんだ！」

「これって……！」

二人は、顔を見合わせました。

昨日と同じように小さなお客さんを快く迎えると、彼女は、今朝焼いたばかりのバタールを切り分けました。

すすめられるままに、二人が食べてみたバタール。

そのパリッとした表面のクラストからは香ばしい香りが立ち上がり、中のしっとりとしたクラムからは豊かな小麦の風味がふわりと広がりました。

たまらず目をとじると、それはまるで、晴れた青空の下、一面に実った黄金色の小麦畑に立ったかのようです。

「私、こんなおいしいパンが焼けるようになりたいです！」

「ぼくもです！」

バタールを食べた二人の様子に、彼女の顔もほころびました。

「あの、昨日二人で相談したんです。まず、私たちが、二人でパンの作り方を調べて勉強します」

「だから、それを見てもらって、パンを作るときには、一緒に作ってもらえませんか？」

「お願いします！」

「パン屋さんになりたいっていうのは、自分の未来のことなんだから、自分が頑張らなくちゃと思ったんです」

その言葉に、思わず彼女は、棚の上の写真立てに目をやりました。

「自分の未来は、自分にしか作ることはできない」

それは、もう二度と声を聴くことのできない写真立ての中の彼の言葉でしたから。

目を伏せ、もう一度確かめるように自分の心に問いかけると、彼女は顔をあげました。

そこには、彼女が焼いたパンを食べた二人の、こぼれんばかりの笑顔がありました。

二人が待ちに待った、次の日曜日がきました。

材料の小麦粉とイーストと塩と水を用意し、分量を量り、まぜあわせて、生地を練り、時間をかけて発酵させて、形を作って、クープを入れて……。

バゲットとバタールの違いや、その作り方について詳しく調べてきた二人に、彼女がノートに記したたいせつなポイントや細かなコツをアドバイスしながら、バタール作りが進みます。

窯の中から部屋いっぱいに、なんともおいしそうな香りが広がってきました。

火の加減をみながら、二人は、彼女と一緒にバタールを焼き上げました。

窯から取り出したバタールを切り分けると、二人はさっそく食べてみました。

「！　！　！」

「！　！　！」

あまりのおいしさに、二人は何も言えずに、目を丸くしたまま顔を見合わせました。

「おいしい！」

「ほんとうに、ぼくたちが焼いたんだよね！」

やっと言葉が出せた二人は、もう一度、鼻の奥に遊ぶその香りと、クラストやクラムの食感を味わいながら目をとじました。

やはりそこには、晴れた青空の下、一面に実った黄金色の小麦畑が見えるようです。

「私たちが焼いたこのバタール、ほかの人にも食べてもらいたいな」

「そうだ！　Life に持って行ってもいいですか？」

二人の申し出に快くうなずくと、彼女は紙の袋を用意しました。


通りへ出たときです。

切り分けたバタールの紙袋が入った籐のバスケットを提げた彼女は、すがすがしい日差しに誘われて顔をあげました。

それを見た二人も、紙袋を抱えたまま、同じように顔をあげました。

その様子に、通りにいた人たちも、つられて顔をあげました。

雲一つない、高く大きな青空です。


三人は、通りをぬけると、町の外れにある Life へやってきました。

紙袋を抱えた二人がドアを開けると……。

「おやっ、なんだかいい香りがするぞ！」

一人でLifeの掃除をしていた作家が、手を止めると振り返りました。

「おじさん、ぼくらが初めて焼いたパン、バタールだよ」

「それはすごい！　二人だけで焼いたのかい？」

「ううん、このお姉さんと一緒に。お姉さんは、私が知ってるどのパン屋さんよりもおいしいパンを焼くことができるんだから」

紹介されて、彼女が軽く会釈をしました。

（…………）

作家は、このLifeでパン屋を開くことにしていた友人が、照れながら見せてくれた恋人の写真を思い出しました。

「そう。それはよかった」

言いながら、作家は深くうなずくと、もらった紙袋のバタールをひとくち食べてみました。

（！　！　！）

忘れもしません。

それは、友人が帰ってきたときに食べさせてくれた自慢のバタールの味です。

「どうですか？」

「この香り、この味、この食感。……うん、おいしいよ！」

思わず泣きそうになるのをこらえて、作家は二人に答えました。

そして尋ねました。

「ところで、おいしいおいしいパン屋さんは、今日だけなのかい？」

「ぼくは、来週もパンを焼きたいんだけど……」

「そう、私も」

「Life のドアを開けた時、こんないい香りがすれば、きっとみんな、それだけで笑顔になるんじゃないかな。だから……」

作家が言いかけた、そのときです。

白と淡いピンクの花を咲かせた植木鉢を抱えたおばあさんが、Life にやってきました。

「あらっ……。なんておいしそうな香りかしら！」

おばあさんは、たちまち笑顔になりました。

「ほらね」

そう言って微笑む作家に、まるで花がほころぶような笑顔でうなずくと、彼女は、おばあさんに紙袋を一つ手渡しました。

「あの……。これ、私たちが焼いたバタールです。よろしければ、おひとつどうぞ」

「まあっ、そうなの。……Lifeで、パンをいただける日が来るなんて。ありがとう。じゃあ、かわりにこの花を持って帰ってくださいな」

おばあさんは、持ってきた花の鉢をテーブルの上に置きました。

「あのね、これは、このLifeでもらった花の種を、毎年たいせつに育てて咲かせてきたものなのよ」

「ありがとうございます！　私の部屋のいちばんたいせつな場所……、棚の上に飾りますね」

晴れやかな顔をあげ、お礼を言うと、彼女は二人と一緒に残りの紙袋をテーブルの上に並べました。

「ぼくたちが初めて焼いたパン、バタールです。
食べてみてください！
きっと笑顔になりますよ‼」
二人は、一緒に書いたメッセージカードを置きました。

彼女はというと……。
しばらく考えてから書いたメッセージカードを、二人のカードにそっと添えました。

メッセージカードには、
「うつむいていたので、気がつきませんでした。
でも、顔をあげれば、幸せは見つかるものです」
と書かれています。
もちろん、かわいい「Life」のロゴも入れて。

今日もLifeには、誰かが何かを置いていき、そして何かを持って帰ります。

そう、見えるものも見えないものも。

## おわりに

「Life」にまつわる五つの物語、お楽しみいただけましたでしょうか。

さて、この五つの物語には、人と共にたくさんの「もの」が登場しています。

古材・大工道具・椅子・手紙・ルーペ・アルバム・岩・ペンキ・絵本・コーヒーカップ・レターセット・花・ノート……、そして、この物語の舞台となった店「Life」も。

物語を読み終えてお気付きになられたように、少し視点を変えてみると、人だけではなく、こうしたものたちも、さらにいえば想い出さえも、それぞれの時の流れの中で、（たがいに生かされながら）生きているといえるのではないでしょうか。

本書のタイトルにもある、すべての愛しきLife。

人はもちろん、存在するものすべてのLifeには、今日も誰かが何かを置いていき、そして何かを持って帰ります。

そう、見えるものも見えないものも。

どうか皆様のLifeに、そしてすべての愛しきLifeに、たくさんの笑顔と喜びの時がありますように。

くすのき しげのり

**くすのき しげのり**

徳島県生まれ。児童文学作家。絵本『おこだでませんように』（小学館）でJBBY賞バリアフリー部門受賞。『メロディ』（ヤマハミュージックエンタテインメントホールディングス）、『ええところ』(Gakken)、『ともだちやもんな、ぼくら』（えほんの杜）、『しょうじき50円ぶん』（あかつき教育図書）など教科書掲載作品をはじめ、200作品を超える著作は海外でも広く読まれている。瑞雲舎には『Lifeライフ』、『泥かぶら』、『ミライのミイラ』、『Love Letter ～ 私への手紙 ～』がある。

http://www.kusunokishigenori.jp/

すべての愛しきLifeへ　2024年11月1日初版発行

---

著◆くすのき しげのり

ブックデザイン◆井上 もえ

発行者◆井上 みほ子

発行所◆株式会社瑞雲舎

〒108-0074　東京都港区高輪2-17-12-302

TEL 03(5449)0653/FAX 03(5449)1301

印刷・製本◆瞬報社写真印刷株式会社

---



NDC 913/ISBN 978-4-907613-52-5